神镜
Divine Speculum

朱大可 著

图书在版编目(CIP)数据

神镜/朱大可著.—北京:人民文学出版社,2018
ISBN 978-7-02-013685-8

Ⅰ.①神… Ⅱ.①朱… Ⅲ.①中篇小说—中国—当代 Ⅳ.①I247.5

中国版本图书馆CIP数据核字(2018)第012999号

责任编辑	樊晓哲
装帧设计	陶 雷
责任印制	任 祎

出版发行	人民文学出版社
社　　址	北京市朝内大街166号
邮政编码	100705
网　　址	http://www.rw-cn.com
印　　刷	三河市西华印务有限公司
经　　销	全国新华书店等
字　　数	45千字
开　　本	787毫米×1092毫米　1/32
印　　张	5　插页5
版　　次	2018年7月北京第1版
印　　次	2018年7月第1次印刷
书　　号	978-7-02-013685-8
定　　价	35.00元

如有印装质量问题,请与本社图书销售中心调换。电话:010-65233595

神鏡

神鏡

一

【皇帝的生子游戏】

据《庭芳录》记载,从前有一个仁慈的皇帝,他对人民非常宽容,赋税低得令人难以置信,人民都很爱戴他。他有十个最心爱的宠妃,却没有生出一个后嗣。有一次,宫里突然来了一位大秦的魔法师,他表演了令人匪夷所思的魔术,还进献一面镶有黄金背面、边框和手柄的方形铜镜,说是可以自由出入镜里的世界。皇帝就让他的十个妃子轮流入镜游玩，要是受孕而归，他就奖励她们每人一万两银子。她们为此都很快乐，由衷地感谢浩荡的皇恩。

九个月后，她们纷纷带着身孕回到皇帝身边。有个晚归的，还抱着一对孪生女婴。她们就这样再次赢得了皇帝的宠爱。

几年以后，皇帝身边多了长相各异的三个皇子（一、四、七妃所生）和八位公主。

皇帝为此非常高兴，认为大好江山从此有了接班人。其中第一妃的儿子被选做太子，这意味着他将成为皇帝的接班人。册立的仪式非常隆重，各地文武官员都来祝贺，谀辞和礼物堆满了整座宫殿。皇帝还当庭宣布大赦天下，指望以这种方式，为未来即位的儿子,换取一些民间口碑。

当时北方战祸纷起,南方却太平无事。皇帝年岁高了,旧日的坚硬野心已经融解。他不再安排早朝,把政务交给大臣,自己每天坐在柔软的龙椅上,容颜枯槁,好像坐在棺材的尽头。他望着绕庭嬉闹的孩子们,啃着自己枯黄的手指甲,满眼都是迟暮的喜悦。

【铜镜的来历】

正如皇帝获得的神镜那样,最早的铜镜来自西域,由丝路商人和技艺高超的魔法师携来,被世人称为"番镜"或"大秦镜",造型或圆或方,却都带有细长的手柄。

它们多被用于集市表演,在那里让人民惊讶和叫好,有时也进献给地方官员乃至皇帝,从他们那里换取各种利益。

西洋铜镜为中土匠人提供了最初的原型。本土铸镜师所铸之"汉镜"或"晋镜",被"圆性哲学"所支配,蓄意剔除原有的手柄,而在镜背加上圆钮,这种纯圆铜镜,通常称为"汉镜"或"晋镜",虽然在神通方面不如番镜,但也有些名家之作,曾经达到颇为高妙的境地。它们大多掌握在道士手里,有时也被进献给皇帝,成为宫廷库房里的新贵,又被皇帝赏赐给他喜欢的臣子,最终流向民间,成为人们竞相收藏的珍物。

【铜镜的种类】

最古老的镜子无疑是水镜。所谓"水月"与"镜花",都是关于镜像本性的一种命名。

铜镜被发明之后,分为两大品种,一种是俗镜,被贵族和官宦人家所用,一种是神镜,被仙人、道士和炼丹师所用。但在神镜流行的年代,两者间的界线早已被彻底打破。

神镜又分为三种基本样式:用于采集日神能量的称为"太阳镜"(凹面镜),用于驱鬼祛邪的称为"照妖镜"(凸面镜),用于进入平行空间的,称之为"游方镜"(平面镜)。游方镜可以被视为一种神秘而特殊的交通工具，一种连接两个不同空间的通道或渡船。拥有游方镜的镜主，可以自由出入镜外和镜内的两个平行世界，镜主可以通过它来选择双重生活，由此超越人的存在的基本限定。

中土神镜有诸多品种，它们包括水镜、石镜（玉镜、土镜）、铜镜（金镜）、火镜（镜内的边缘有火焰燃烧）、木镜（可能是一种木化石），有的成对出现，分为阴阳镜或雌雄镜。有一对阴阳镜，独一无二，是铸镜大师寿涛的绝笔之作。神镜中的极品，镜主由阴镜入，由阳镜出，据说这能保障出入安全。

其他历史上著名的镜子，有照妖镜、透视镜、换颜镜（照过后人会美白）等，它们会给人类带来新奇的感受，也会带来难以预料的灾难。《拾遗记》记载说，周穆王时代，一个叫沮渠的西域国家进贡了"火齐镜"，人要是对着镜子说话，镜中会有人应答，仿佛是邻人之间在展开对白，其情形真是无限奇妙。还有一种像玉石一样的"月镜"，石头的色泽犹如白雪，里面射出的光线像满月那样晶莹皎洁。

【庄周的神镜】

东周时代已有神镜出现。《齐物论》称，当年庄周梦见自己变作蝴蝶，造型生动逼真，为此感到愉快和惬意，却不知自己原本只是庄周而已。突然间醒过来，惊惶不定之间，这才知道他原本是个叫庄周的人，但不知究竟是庄周做梦变成蝴蝶，还是蝴蝶做梦变成庄周。庄周试图向世人证明，他与蝴蝶是有区别的，但这种人与物的互相对转，表达了世界的全新关系。

铸镜师窦少卿声称，庄周隐瞒了一种重要事实，那就是他的"梦"借助了神镜。庄周使用的镜子，叫作"蝶变镜"，是一件来自身毒的名镜，能够实现身体向禽兽或昆虫的转化。他入镜变成蝴蝶，由此对自身的实存性，产生了深刻的怀疑。神镜推动了道家哲学命题的诞生——"我"与"物"、镜内和镜外、彼岸与此岸，究竟谁才是真实的存在？

庄周使用过的神镜，战国时曾被齐王和楚王所占有，但最终下落不明，窦少卿说，在庄周物化之后，它自行返回了西方的故乡。神镜是自由的象征，它会自主飞行，出入于不同的空间，行踪十分诡秘。

【窦少卿】

晋国音乐家师旷，仿效黄帝铸造过十二面神镜。他把这种非凡的技艺，传给了窦氏家族。窦少卿是铸镜家族中最杰出的代表，而且是唯一能制造神镜的大师，掌握了空间转换的世界秘密。

为防止偷窥和追杀，铸镜师通常把铸镜地点安排在深山老林，却仍然无法阻止神镜捕手的追踪。窦少卿于是把铸镜工坊建在一条大船上，居无定所，神龙不见其尾，令所有的神镜捕手都无可奈何。

当他在江心开炉铸镜时,四周江水忽然高涨三十多尺,如一座雪山浮于江面之上,又有龙吟之声,犹如笙簧吹鸣,一直传到几十里以外,气象阔大,令人叹为观止。这个壮丽的景象被人看见,成了历史上唯一的铸镜记录。

窦少卿曾在扬州城指导"水心镜"的铸造。他在铸镜工场里待了三天三夜,而后神秘消失,只留下一封书信,用早已废弃的小篆写成,上面是指导铸造神镜的条文,其中包括镜身的尺寸和镜鼻的形状,还附有一首偈语式的诗歌,赞美这枚尚未诞生的神镜的非凡魔力。"水心镜"后来被曹操所得,曹操死后,该镜便下落不明。

就因拥有这种非凡的神通,窦少卿成了新帝追杀的对象。铜镜给他带来卓著的声誉,也带来灭顶之灾。他的画像在各地城门口张挂,仿佛是皇帝的头号仇敌。关于他的谣言漫天飞舞,有人说他在嵩山仙化,身后只留下一只布鞋,还有人说他已经入镜而遁,消失在彼岸世界的某处。

【铸镜秘术】

窦少卿用深山里的金丝楠木,预先雕出一面"镜子",其中一面是平整的,而另一面有着极其复杂的纹样,而纹样的主题和风格,取决于刻模时的神启,而非事先的设计。然后,在这木镜之外,需要裹上一层厚厚的黏土和细砂，制成上下两块镜范，晾干之后，放进炉子里焙烤，制成坚硬的陶范，对其表面做些打磨修整，就成了浇铸铜镜的正式模具。

此后的活儿是在密室里完成的。窦少卿把铜石和锡石按比例加热烧化，有节奏地灌入模具，待冷却之后，击破陶范，取出铜镜，在獾油和鹿血里反复淬火，再加热多次，以改造它的脆性，让其表面变得更加坚韧。

但这并非优质铜镜诞生程序的结束。它还需要铸镜师以钢刀刮削，修整毛刺，进而用细砂研磨来改善手感，直到它变得圆润为止。而后还要以羊毛毡蘸上水银和锡粉的混合药物，进行镜面抛光。这样经过半月时间，一面精妙的铜镜才会姗姗降世。

如果窦少卿铸造的是面神镜，那么他还必须在浇铸前向镜神祈祷,涂画和念诵符咒,并在铜液里加入胡药,所有这些药粉的配方、数量和投放手法,秘不可宣,就连自己的贴身学徒,都不允许观看。只有极少数铸镜师掌握了神镜铸造的秘密,而在他们死后,这秘密便会永远沉入黑暗。

最后,窦少卿还要为每一面铜镜的降临,举行开光仪式。他面朝太阳高举铜镜,念动呼唤少昊神的咒语,把少昊的神性唤入铜镜,改造它的内在结构,赋予它某种神圣的秉性。

这就是神镜问世的秘密。窦少卿把它告诉了李阿,李阿告诉了苏娥,而苏娥在死前告诉了一个叫作陆倕的竟陵文士。因他撰写笔记泄露天机,神镜就此走向了衰微的命运。

【官府造册】

铜镜铸造工艺复杂，需要法术和魔药的加持，所以市场上数量稀少，弥足珍贵。一旦拥有，便可用于犯罪、藏匿或逃亡。官府对此十分戒惕。铸镜师的所有产品，必须铸以暗符或编号，上报官方机构"镜造寺"造册备案，列入监视清单，这种神镜称为"白镜"。

为了摆脱这种限制，铸镜师往往私铸秘镜，通过地下走私通道售出，这种神镜被人称为"黑镜"。当时最大的黑镜走私通道，分别位于长江下游的建康、中游的襄阳和上游的江州，三者都是私枭忙碌的码头。

而黑镜铸造工坊，主要集中于东吴武昌郡（今湖北鄂州）和会稽郡（今浙江绍兴）两地。

窦少卿的活动地点，主要在会稽一带。他的水上作坊在河里航行，出没于长江的各条支系里，给那些铜镜制造和贩售的人们以巨大的鼓励。他的出现，总会在当地引发一阵骚动。人们把他视为这个行业的传奇。他是铜镜之父，曾是铜镜业的全部希望。

【镜造寺和宝光阁】

负责铜镜铸造的官方机构叫"镜造寺"，为对付"黑镜"而设，由一些平庸的铸镜师构成，只能铸造没有神通的俗镜。为此，皇帝又设立了一个特种部门"宝光阁"，专门追踪神镜及其铸造者，它的负责长官叫作"宝光卿"，直接受命于皇帝本人。栾巴是第三任"宝光卿"，他把这个级别有限的部门，扩张成最大的特务机构，其权力远在校郎之上。但栾巴死后，这个组织便形同虚设，刘策死后，它就被第三代皇帝撤除，成为过眼烟云，甚至由于它恶贯满盈，连史官都羞于提及它的存在。

【新皇帝刘策和他的新宠】

新帝从未受过父亲的宠爱,相反,由于他品性恶劣,始终是被冷落和边缘化的一个。他自幼就能感到整个宫廷的敌意,它们来自兄弟、姐妹、文臣、武官、太监和宫女,甚至来自龙椅、团扇、几案、屏风、布帷、壶漏、殿柱、雕窗、石阶和长廊。他每个时辰都在体验那种阴险的氛围。他学会了用视力和听觉找出敌意的来源,并设法消灭它们。

但这项计划只有在他篡位之后才得以实施。多年以后,老皇帝驾崩,第四妃之子刘策,指使侍卫栾巴杀死长兄太子，摇身变成新帝，进而调集侍卫，绞死他的弟弟（七妃所生），又跟两姐妹通奸乱伦。剩下的六位公主坚决不从，其中五位在被强奸后遭到虐杀。身为太后的母亲，试图阻止他残害兄弟姐妹的暴行，但他一意孤行。他把母亲囚禁在后宫，继续闭门屠杀。宫廷里血流成河。

【公主苏娥】

第五妃所生公主苏娥，是所有公主中最美丽的一位。她不敢反抗皇哥的淫威，只能假意顺从，成为他的第三个妃子，每日跟另外两位姐姐共同侍奉他，满足他的各种荒唐的性要求。而那两位姐姐竟是新帝的忠诚卫士,她们一方面被欺辱,一方面却成为他的帮手,严密监视苏娥的举止,想从她身上找出虚情假意的迹象。但苏娥掩饰得很好,她曲意逢迎,笑靥天真,看起来就像未经世事的少女。

【苏娥的逃亡】

苏娥在酒里下了迷药,将野心勃勃的新帝,连同两个女人一起麻翻。他们倒在寻欢作乐的现场,看起来就像酩酊大醉。苏娥骗过那些侍卫,从皇帝寝室的宝匣里盗取神镜,乘夜由边门逃出宫去。几位友善的宫女目击了她的阴谋,却装聋作哑,假装沉入睡梦之中。

苏娥乘着一顶灰帷小轿来到前朝老臣、尚书令徐麟家里,含着眼泪恳求他的帮助。徐麟是苏娥的众多倾慕者之一,虽然性情胆小,却无法抗拒美人的眼泪攻势,踌躇再三,决定冒生命危险救她一回。他双手哆嗦着,取出二百两银子,又为她雇了一辆牛车,并告诉她护镜师李阿所在的位置。他说,这是你唯一的去处。只有此人能帮你平安穿越镜子,又能平安回归。

苏娥双膝跪在地上,叩谢了老者的恩德,随即登车离去。大地万籁俱寂,只有牛蹄踏在石板路上的声音,加上它沉闷的喘息。宫城的黑影在月下渐渐远去,仿佛在推开一种令人窒息的危险。这么多年来,她第一次呼吸到自由的气息。她憔悴的脸上,露出了解放的笑意。

二

【镜主】

苏娥加入了镜主的行列。他们大多是皇族、门阀贵族、官宦、富豪及其眷属,因特权而获取"游方镜",从此拥有秘密旅行的特权,成为自由的室内旅行者,能通过镜子前往彼岸世界。他们也许是那个时代最幸运的人群。

魏晋时代的著名镜主是陶潜,他借助"桃花镜"进入"桃花源",成为一个有力的观察者。但他竟违反游戏规则,向世人公布了他对彼岸世界的观察记录。陶潜不仅为此失去"桃花镜"和再次入镜的契机,而且为自己带来严重的厄难。他失去命运的顾惜,死于贫病交加的黑夜。

另一方面,这种自由的行旅和逃逸,也违反皇帝的独裁意志。这是一场解构权力的运动,它严重削弱了皇帝的威权,因为他不再是主宰一切的君王。他无法容忍臣民以这种魔法的方式背叛。毫无疑问,拥有神镜的镜主是极度危险的,必须连镜带人一起消灭。

【陪葬铜镜】

铜镜是具有魔力的神物,可以反射太阳和月亮的光芒,因而兼具日神和月神的威力,成为巫师驱走恶魔的重要道具。日月和星辰是生命的本源,人死之后,铜镜就被置于墓里,犹如太阳和月亮的阴阳合体。就在棺盖被关上的瞬间,镜面里隐约现出神的五官。它变为一盏神圣的大灯,照亮死者往生的崎岖道路。

这无疑就是神镜的另一种秘密本性:扮演亡灵守护者的角色,从地狱的角度赞美人的存在。但在围剿神镜的年头,镜主们为保全生命,只能假借丧葬的名义，将神镜藏入墓穴，让它们消失在幽暗的地府。

千年之后，它们以古镜的身份被盗墓者取出，重见天日。但由于泥土的腐蚀，神镜丧失了原初的神性，沦为毫无生气的俗镜，被陈列在博物馆橱窗里，发出赝品般的幽深光泽。这是中国神镜的无可避免的悲剧。但它的悲剧性始终没有得到必要的揭示。

【日神少昊】

窦少卿铸造的神镜，属于阳性之物，所以跟日神的关系更为密切。在某次铸造过程中，日神少昊突然现身于他的工坊，周身灼热，头颅是旋转的日轮，隐约浮现出难以辨认的五官。少卿拥有与众不同的眼睛，只有他能直视日神的面庞，接受他热烈的敬意和问候。

少卿跪了下去，浑身战栗。少昊用光芒抚摸他的头颅，然后悄然离去。当温度散尽、事物全部变凉之后，他拥有了铸造神镜的能力。他进入神圣的镜造体系，成为这个领域最杰出的先知。

【此岸和彼岸】

"彼岸"一词源于佛家，原本指脱离尘世烦恼、取得正果的地点（波罗）。而在镜语体系里，彼岸是镜内世界的一种比喻。

每个神镜都拥有自己特定的三度空间，它跟此在的世界一样，是守恒和静态的。所以镜主使用同一神镜时，他前往的可能是同一个世界，因为彼岸会在折叠后重新回旋到此岸，由此形成自我缠绕的结构。但就连铸镜师窦少卿本人都未能觉察到这种奇异空间的存在。它诡异多端，犹如一个巨大的迷津，就连最有智慧的人都会在其间迷失。

【彼岸码头】

镜主有时也会拥有不同的神镜，他可以据此登录不同的彼岸。但这是极其危险的旅行狂欢，它会导致知觉错乱，引发严重的疯症。古籍里到处都是与此相关的险恶记录。

游方镜背面的纹饰，通常是彼岸世界的密码，代表你穿越后到达的第一个站点，世人称为彼岸码头。狩猎纹和植物纹多为森林与草地，山字纹多为深山，鱼纹和水纹多为河岸或岛屿，云雷纹多为天空（这可有点危险哦），龙凤纹多为贵族之家，蛇纹（螭龙纹）多为地宫，如此等等。彼岸码头是镜主唯一可以预知的地点，而在码头的背后，是不可捉摸的未来。

【入镜仪式】

首次入镜前，需要举行一个隆重的仪典。镜主必须斋戒三日，沐浴净身，然后在黑暗的环境中，把镜子悬挂于壁上，脸部紧贴镜面，闭目冥想，去除杂念。这时身体会变得柔软起来，犹如一个巨大的水泡。镜面好像一张大嘴，它首先吸吮人脸，接着是脖子和上半身，最后是两条大腿。瞬息之间，人便被镜子吞噬，消失得无影无踪。

经常往返者，可以无须顾忌斋戒和各种限制，任意往来于两个世界。镜主需要遵循的原则，是对彼岸

古事記　銅鏡事典　迷津　圖一

见闻的守口如瓶。一旦泄露,游方镜就会自行破裂,成为一件无用的废物。缄默是所有镜主必须遵守的共同原则。

【镜子的维护】

镜主总是会面临安全方面的威胁。一旦镜子蒙尘、晦暗、倒扣或毁损,镜主就无法返回此岸。为此,镜面必须保持洁净和光亮,镜面不得向下摆放封堵出口,而且不得被人取走和任意处置,正是镜主的脆弱性,推动了一种职业的诞生,那就是护镜师,他们负责对神镜进行日常维护,包括擦拭、打磨、摆放、收藏和守卫。

即便在俗镜那里,尘土都是一种巨大的困扰,它会腐蚀镜面,令其日益雾化,镜面变得模糊不清。所以,镜主通常都会给镜子缝制一个软布尘罩,把铜镜跟灰尘隔离。镜罩还有一个功能,就是防止神镜的逃亡。在铜镜大规模涌现的时代,镜子的自行消失,是一种令人沮丧的事变,但大多数镜罩都能阻止这种逃亡,它就像一面柔软的墙壁,横亘在逃亡者的面前,粉碎它的叛离图谋。

【盗镜者】

铜镜的风行，令其成为盗贼关切的对象。一种专门从事偷盗铜镜的职业开始兴起，这些人被称为"盗镜者"，是镜主所要面对的劲敌之一。他们为了得到一面神镜，不惜入室撬窃，甚至杀人夺命。当时最有名的盗镜者，诨号叫作"镜鼠王"，其中，老鼠是小偷的别名，而"王"既是姓氏，也是对其偷盗技艺的赞赏。据说，凡是他想拥有的神镜，从来没有失手的记录。他是护镜师的死敌，令许多护镜师身败名裂。

【护镜师】

　　护镜曾是风靡魏晋南北朝时期的行业，直到唐宋两朝还未绝迹。它类似于镖师、保镖、护院和门卫。受雇的护镜师必须忠诚、尽职，遵守镜主的秘密，并擅长武功，同时具有打磨和修理铜镜的基本技能。

　　优秀的护镜师通常会同时守护多面铜镜，因而能得到丰厚的报酬。大多数护镜师只能同时看管二三面镜子，而最受欢迎的护镜师，却能同时守护九面铜镜。这是有史以来的最高纪录，由著名的护镜师李阿所保持，从未被人打破。这个数字最终成为护镜师的行规，因为一旦逾越底线，护镜师的守护能力就将被严重削弱。这不符合镜主的安全诉求。

为保障镜主的安全，护镜师大多由侠士和剑客担任，这个曾经在先秦时代叱咤风云的阶层，在秦汉之后变得虚弱起来，需要转行来维系自己的生计。但只要拥有精湛的剑术，以及铸镜、修镜和磨镜的技术，便能成为行业里的顶尖高手，过上衣食无忧的日子。

镜主与护镜师合二为一的，大多是那些法术高深的道士。少数道士如葛洪，甚至有独门秘法来藏匿他们的神镜，这种秘传的法术叫作"匿镜咒"，它能将神镜藏入虚空，又能从虚空中取回。窦少卿从日神少昊那里获得了这种神通，从此他不需要负重旅行。他两袖清风，身边只有一枚随身自照的小镜。

【锄奸镜】

新帝刘策最初对神镜没有什么感觉,觉得那不过是女人们的奢侈玩具而已。不久有个叫作卫贞的道士,进献了据说是黄帝亲自磨制的铜镜,可以用来检测忠臣和奸人,它的奇异神通,扭转了他对铜镜的看法。道士私下告诉新帝,心怀忤逆之心的人,一旦被这枚宝镜照过,就会心惊肉跳,神色慌张,露出乱臣贼子的形迹。

生性多疑的新帝,对这面"锄奸镜"充满好奇——它能否成为清除奸党的利器呢?他决定亲自实验一下。他先是照了一下进献神镜的卫贞本人，道士吓得魂飞魄散，连屎尿都拉了出来，浑身散发出一阵恶臭。皇帝大笑起来，说原来你就是恶人，于是下令砍掉了卫贞的脑袋。

然后，他命人把神镜悬挂在宫门口，两边站着八名手持砍刀的侍卫，入宫走过镜子的大臣、太监、宫女和杂役，只要出现胆战心跳，面红耳赤现象，便当场砍死，绝不赦免。三个月之后，宫中已经空空荡荡，门可罗雀。

第二代皇帝的大规模杀戮，在整个皇族和贵族阶层引发兄弟残杀、争夺权力、财产和神镜的大战。整个国家陷于腥风血雨之中。太子党之间的殊死搏杀，引发了国家的分崩离析。

【渔夫的收获】

有个贫穷的渔夫在秦淮河里下网,捞起大型古镜一枚,直径约有一尺两寸,渔夫洗去淤泥,发现其表面光亮如新,放射出的光芒,像水波那样涌动,渔夫可以从中照见自己的五脏六腑,甚至可以看见血液在血脉里奔流。

渔夫感到无比惊骇,将它小心翼翼地包起,交给地方官府。刺史刘耷如获至宝,打算拿它作为晋身的礼物,于是亲自给它命名,称其为"神光镜",将它带往京城,入宫献给新帝。

皇帝刘策看见又有宝镜入宫，笑着拿过来自照，发现自己在镜中露出公猪的模样，丑陋得不堪入目，不禁大为震怒，下令把刺史当场凌迟处死，还要将其九族全部抄斩。做完这些之后，皇帝还觉得不够解气，誓言要毁掉天下所有神镜，并清除那些试图反对他的阴险势力。

苏娥盗走的神镜，是神镜中的极品，叫作"寻宝镜"，不仅可以穿越到彼岸，而且据说可以把人引向世上最大宝藏。新帝为此辗转反侧，夜不能寐。他命令栾巴尽快找到苏娥和镜子，带回这两件宝贝。

一场大规模的铜镜围剿就此启动，整个南方都惶惶不可终日。

【杀手栾巴】

栾巴，汉武帝时著名方士栾大的后人，《南齐书》中记载他容颜俊秀，举止温雅，是新帝的首席男宠，武艺出神入化。他的四肢均是杀器，尤其以"手剑"著称。出掌即剑，可以乘对方毫不防备之际，杀之于须臾之间，手法简洁明快，被誉为天下第二杀手，其江湖地位仅次于李阿。在新帝篡位过程中，他帮着杀死太子，进而清除那些心怀不满的皇亲国戚们，为此立下汗马功劳，逐渐爬升，成为刘策身边的第一武士。

在"清君侧"的使命完成之后，刘策又派他担任

"宝光卿",负责神镜的收缴和毁灭,并杀死所有拒绝为其服务的铸镜师和护镜师。栾巴对这种外放的差事颇为满意。侍奉皇帝太久,他渴望这种在京城外呼吸、行走和任性杀戮的自由。更重要的是,他可以在寒石散的效用下纵情声色。

他带领数百名杀手浩荡出宫,并下令全体身穿戏服,花枝招展,犹如宫女们集体出巡游春。民众们站街旁观,对他们的怪异装束大加哂笑。但栾巴毫不在意。易装出行,原本是栾巴的个人爱好,但他执意要全体下属都以他为榜样。他告诫他的杀手们,女服可以掩盖杀气,令对手松懈;女妆是职业刺客的最佳伪装。

【破镜重圆】

　　皇帝的亲自干预，令民间神镜的数量锐减。铸镜的大师纷纷逃亡，俗镜成为国家主流，被赋予各种吉祥的符号意义，以掩盖其毫无神性的事实。俗镜就此取代了神镜的地位。俗镜史上最感人的故事，是陈朝太子侍从徐德言跟妻子乐昌公主的那次"破镜重圆"。它从侧面暴露了镜身的脆弱和单薄。任何世俗刀具都能将其一破为二。铸镜师为之气得吐血，因为它侮辱了铜镜的神圣意义。

　　镜子是神圣之物，它与镜主的灵魂合二为一。镜子一旦破碎，就意味着镜主灵魂的毁灭。镜子同时也是道德观察家，它们承担着监察夫妻关系的使命。

据西汉东方朔撰写的《神异经》记载，从前有一对夫妇，彼此相别时，把一面镜子一剖为二，各执一半。后来丈夫与其他女人私奔，那半面镜子遂变成一只乌鹊，飞到丈夫面前，向他发出激烈的抗议。丈夫在鸟的抗议声中羞愧难当，最终精神错乱。

这是多么古怪的道德训诫，它旨在警告那些胆敢背弃伦理的夫妻：镜子在监视他们的言行，而且会对出轨做出严厉的审判。但事实上，在铜镜被刀剑劈成两半之后，它就已悄然死去。所有关于破镜的灵性故事，都不过是文士讲述的谎言而已。它旨在为俗镜张目，掩盖它毫无神性的事实。

三

【护镜师李阿】

护镜师李阿,出生于襄阳城,父亲是一位无名剑客,很早就死于一场武斗之中。母亲以寡妇的身份,把他和妹妹一起养大,含辛茹苦。母亲顺从妇德的贞操事迹,受到朝廷的大力褒奖,皇帝颁发题匾,盛赞她的美德，地方官府则为她建造一座形体高大的贞节牌坊。乡官和士绅们定时送来米面和干菜，接济他们的生活。

他和妹妹从小在牌坊下嬉戏，绕着石柱追逃，而母亲坐在阳光下，把劣质大米倒入筛箩，分拣其中的稗谷和沙砾，含笑看着他们成长。除了缺少一个父亲，这几乎是完美的童年。

但在李阿十六岁那年，家里出了一件大事。隔壁赵家来了一名远亲，因为某种原因，寄居在他们家里。他是一位年轻的武士，每天都在门前练习武功，李阿看得迷了，要拜师习武。武士欣然收他为徒，开始传授拳术和剑法。母亲在一边看着他们的演练，温存的目光渐渐从儿子身上转向武士。他年轻英俊，肌肉坚硬，浑身充满男性的力量。他跟母亲开始秘密交往，然后双双坠入情网，事态变得不可收拾。

这场暧昧的爱情，被好事的邻居揭发，像风一样在村里传播。地方望族的首领非常生气，要拿奸夫淫妇问罪。村民们聚集起来，点燃火把，将他们家团团围住，但他们早已带着两个孩子逃之夭夭。

风流倜傥的武士，起初是李阿的武术师父，很快就成了他的继父，对他们兄妹给予颇多的父爱。他把继女架在脖子上，手牵继子，领着他们在山上转悠，跟花鸟鱼虫结下友情。但十年后，在一场帮会大战中，他竟然遭人暗算，死于毒镖之下。母亲哭得死去活来，因为她克死了自己的第二个丈夫。她终日以泪洗面，三度寻死，都被李阿和妹妹李艾阻止。母亲就此落下疯症的病根，每年两个亡夫的祭日里，她都会按时发作，甚至要放火烧掉自己的屋子。

李阿怒火中烧，发誓要替继父报仇，彻底清算这笔血债，于是大开杀戒，向对方门派宣战，一夜之间，七十二名剑客全部死于非命。从此他成为最具杀气的剑客，江湖上的仇敌们望风而逃。李阿就此把自己变成了复仇之神，就连婴儿听见他的名字，都会止住啼哭，吓得面无人色。

【泰吉客栈】

芦花津的北侧，是个拥有一千多位居民的小镇，因紧挨芦花津而名叫芦花坞,以遍地芦花著称。凡是寻找李阿的雇主,需要事先把信放在"泰吉"客栈。每隔十天,李阿都会亲自划船前去取信,读完信后,再留下回信,约对方会面,经过当面交谈,双方达成交易。对方必须当场支付一年以上的薪俸,而后李阿才把雇主带回自己的居所——镜室,从那里完成入镜手续。李阿虽然不会水性,却能把小船操纵得如鱼得水。

【客栈的白鹅】

这是个缜密的信件保管和移交程序。所有访客的信件,都用毛笔仔细写在一个薄木片上,然后放进一个铜匣。客栈老板弧瓜负责保管这个铜匣，为它上锁和开锁。

客栈是李阿的眼线。一旦发现芦花坞出现形迹可疑的陌生人，弧瓜就会放出一群经过精心训练的白鹅，它们将在两个时辰内游到李阿的住所，呱呱大叫，向他发出嚣张的警告。而李阿则会出屋喂食，为它们的长途旅行而进行犒劳。这个报警方式从未被人识破。

白鹅是芦花坞的生物标志，它们洁白的羽毛、暗红色的喙嘴与脚掌，令其成为家禽美学的最高代表。李阿热爱白鹅，经常用精粮和蚯蚓喂养它们，跟它们结下不可忽视的友情。

【镜主苏娥】

在泰吉客栈隔壁的茶肆里,护镜师李阿第一次见到新雇主苏娥。这是一个罕见的美人,具有西域的混血特点,眼睛是灰绿色的,肌肤像丝绸那样洁白细腻。她坐着绿帷牛车抵达小镇,在当地居民中引起轰动。人们纷纷跑到客栈前围观,形成倾镇倾乡的骚乱局面,苏娥只好戴上丝绢面罩,但这种做法欲盖弥彰,反而激发了人们更大的好奇。

李阿接受她的请求,为她护镜。这是他的第九位镜主。新加入的成员,令他的接纳人数达到极限。当然，以一个美女作为事情的结尾，李阿感到心情愉快。他长吁一口气，隐约看见护镜师所能达到的最高境界。

李阿把苏娥带到镜岛。她携带母亲所绘的肖像，在那里入镜，去找寻自己的生父。她要回到自己诞生的地点，开始新的生活。她就此成为李阿最美丽的镜主。

但李阿不了解她的身份和意图。他只是向她介绍镜室的结构，入镜的游戏规则，以及他本人应尽的职责。苏娥饶有兴致地看着这位大名鼎鼎的剑客，心想他该有多么孤独。她想抚摸一下他洁净的脸颊，但最后还是忍住了。她害怕自己会在这里住下去，忘了寻父的使命。她垂下眼睑，很有礼貌地向李阿致谢和告别。

李阿目送美人走进壁橱，替她关上橱门。门缝里很快就透出明亮的大光，还有悦耳的乐音，但大光随即黯淡下去，乐音也趋于无声。李阿再度打开橱门，壁橱里已经空空如也，只剩下那枚铜镜挂在橱板上，形单影只，一脸无辜的表情，仿佛什么都没有发生。

【李阿的兵器】

李阿的剑术天下无双。他随身携带一把长剑和一把短剑，都是干将和莫邪的作品。虽然没有楚王夺走的那对著名，却也令人胆寒。据说他曾经杀死过天下四大剑客中的三个。死于他剑下的敌手，数以千计。只有第二号人物栾巴，还未跟他交锋。杀戮太多之后，李阿开始收山。他洗去满手的鲜血，用"止杀"的信条规劝自己。宝剑正在沦为他身上的配饰。他把收藏的战国宝剑，都放进箱子，让它们长眠，只是偶尔取出来擦拭和把玩一下。

他的火陨剑分雄雌二剑，一长一短，系欧冶子用黑色陨石打造而成，具有可怕的吸血神力，一旦被它所伤，便会因流血不止而死。欧冶子为越王造名剑五枚，长剑纯钧、湛卢和豪曹（盘郢），短剑叫鱼肠和巨阙，由铜锡合金炼成。但火陨剑不属于铜剑体系，是欧冶子为防身所造，历史上没有任何记载。

他的红色大弓以龙筋为弦，紫檀木为弓背，犀牛角为弓面，使用鲸鱼鳔，称为"羿彤弓"，据说是箭神大羿的遗物，实际上是周穆王时期的作品，由无名氏打造，材料和工艺都无与伦比。它被悬挂在内室的墙壁上,每当敌人逼近的时候,弓弦就会自行颤动起来,跟剑鞘里的宝剑一起,发出惊心动魄的鸣响。

李阿与苏娥见面时,身上只带着一枚较短的雌剑。它藏于牛皮靴筒,安静得像个婴儿。李阿想要展示剑的魅力,它被轻轻地放到苏娥手里,发出清亮的啸声,好像一群白鹤掠过田野。苏娥的眼睛亮了,仿佛看见了男人最后的隐私。

【李阿的迷津】

李阿藏身的小岛位于吴郡,四周是复杂的网状河道、湖泊和池沼,彼此交叉和回旋,加上高大密集的芦苇、山丘和树林，构成一个庞大的迷津。这片湿地有个充满诗意的名称，叫作"芦花津"，但它却是通往地狱的渡口，就连当地的渔夫、采菱人和采莲人，都不敢贸然深入，因为曾有无数次在其间迷失和死亡的先例。死者的尸体，会在数月后出现于太湖或长江里，散发出高度腐烂的臭气。

　　直到很久以后李阿才知道，他的所有镜主都来自水里。他们从池塘、湖泊或河流的某个地点突然出现，浑身湿漉漉地走上岸来，被这里的景色所迷，消失在村社之间。他们四处寻找护镜师，把自己的铜镜交给他们，然后向彼岸逃亡。

【镜岛】

镜岛位于芦花津的中心,方圆五十丈左右。在小岛中央,是李阿设计并营造的镜室,分为内外两个房间。内屋放着九个壁橱,里面分别悬挂着九面神镜。屋子的中央是李阿的睡榻,他跟那些镜子同眠。铜镜发出的光芒会穿越橱门的缝隙,投射在李阿身上,把他从睡眠中唤醒。

外室是起居室,那里摆放着他的几案、棋枰、琴瑟和兵器。琴是镜主委托保管的,跟李阿没有什么关系。兵器被分别放在两个壁橱里,刀剑和弓箭。还有一个壁橱挂着他的全部服饰。外室是明亮的，因为两侧都有带着铁栅栏的长窗。

从外室到内室必须经过一个转门。它暗含一个暗器机关，没有使用合适的方式硬闯，就会触动传动装置，激活两侧的十六把利刃，可将入侵者瞬间杀死。大门也由两扇覆盖铜板的厚木门制成，上面涂满了李阿自己调制的毒药。

屋顶通常是最薄弱的突破点。李阿改变了传统的结构，在顶部铺设一尺厚的带铁扦的木板，上面再覆盖斜顶和瓦片，突袭者一旦掀起屋瓦进入三角形隔层，就会被尖锐的铁扦所刺伤，而且根本找不到出路。李阿以这种方式制服了至少十七个刺客，把他们逼入绝境。

苏娥观察到，外室的大门，距离河流只有一百尺，有条碎石铺成的小径，通往右侧的五间芦草顶的木屋，它们是厨房、餐厅、客房和柴房。还有另一条小径通往水面，岸边是高大的芦苇，每到秋季，芦花盛开，景色美丽得令人忧伤。这是诗意和杀气并存的地方。

【镜橱】

壁橱里的镜子形成一个自我的社会。它们隔着厨门进行交流，说出秘密的镜语。但李阿无法进入它们的世界。李阿唯一懂得的是剑语，他可以跟自己的宝剑说话，倾听它的回声。他用手指轻弹剑身，这回音便从剑尖开始，瞬间传递到剑柄，在两端之间不断震颤，剑语就在此间鸣响，犹如轻风细雨。李阿倾听这些器语从不用耳朵，而是用指尖和脸部的皮肤。他侧耳贴近宝剑，凝神良久，就像一座雕塑。

李阿期待的是壁橱门的开启。每一次亮光投射和开启，都会引发他的心跳。在壁橱门的后面，世界在悄然运行，发生各种变化，而他却只能被动地等待。他无限好奇，却恪守行规，从未逾越雷池。他是口紧的人，不爱打听闲事，也从不跟人谈论彼岸。如果没有苏娥，李阿一年里说出的句子寥寥可数。

李阿在苏娥面前说了一些他此前从未说过的言辞，好像是一次失控的表演。这个新来的女人打动了他。他想亲吻那白皙得令人心疼的纤手，但最终没敢造次。与镜主发生暧昧之事,不符合护镜师的伦理。他把目光移向别处,企图掩饰自己燃烧的激情。他似乎成功了,苏娥没有觉察他的心情。她看起来心不在焉,对此岸的一切都漠不关心。

【镜鼠王踩盘】

对于镜鼠王而言,除了宫廷是禁区,其他所有民间区域,都是可以染指的场所。在盗遍整个中国之后,他把李阿列入了主要对象,这不仅是因为他掌握了九面神镜,而更加重要的是,他一旦打败李阿,在盗镜者中的首席地位,就将变得不可动摇。

他化装成一个俗镜商贩,在芦花坞一带踩盘子长达数月,大致摸清了李阿的行走规律、他的收信方式,以及他跟客栈老板弧瓜的关系,如此等等。他收买了一名跟他同样好奇的渔夫,三次尾随李阿,仔细绘出迷津的地图,掌握了镜岛的大致位置。他在等待一个最佳出击的时机。

【颜夫人】

颜夫人,小名水仙,一名百无聊赖的少妇,丈夫是远近闻名的富商,大多数时间在各地行走。她花费重金,从黑市里购得一面神镜,可以跟镜里的人物对

古事記　銅鏡事典　月下鏡島　圖二

话。她从此沉迷在镜语之中，每日打扮得花枝招展，对着镜子搔首弄姿，自言自语，时而发出放浪的笑声。从此她以照镜为生，拒绝走出房门一步。

富商颜植夺过镜子反复打量，发现它跟寻常的俗镜毫无二致，以为她神经出了毛病。颜夫人无法自辩，跟丈夫间的隔膜愈来愈深。后来，她被锁进二层的阁楼，不得跟任何访客见面。世人都知道颜植有一个失心疯的妻子。夜深人静时分，颜夫人对着镜子发出少女般的笑声，令宅子里的所有人都毛骨悚然，这种情形持续了三年之久，根本找不到解决的办法。

这天，丈夫颜植请来一位到此地访问的京师名医，他隔着门帘跟夫人对话，下楼后宣称贵夫人患了"迷镜症"，这病症的特点，就是迷恋自己在镜中的影像，每天跟它说话，孜孜不倦，直到心力衰竭地死去为止。普天下似乎只有两人可以医治这种病症，一个叫李阿，一个叫窦少卿。

【陶生的理想】

陶生，一名放浪形骸的书生，败落的陶氏家族的最后一名男丁，为先祖陶渊明的诗歌所激励，渴望找出桃花源的下落。他喜欢服食寒石散，浑身发热，需要在冬日的寒风里奔走，状若疯子。这迫使他躲进深山，避开世人的目光。他裸身坐在大雪纷飞的庭院里，操拨琴弦,弹奏《广陵散》和《平沙落雁》,又援笔疾书,以狂草的方式说出桃源的真谛。所有路人都视为天人,其名声甚至超过了嵇康、阮籍和他的祖父。

但即便如此,他的乌托邦信念还是得罪了新帝。刘策下令逮捕他,榜文已经发到县衙,被人暗中报信。为了探究镜中的彼岸世界,他返回故里,从父亲掩埋的陶瓮里,获取了遗留的"桃花镜",骑马逃走,辗转找到芦花坞,通过客栈店主找到李阿,以陶潜后人的身份相托,指望他能替他护镜,而且免去一切费用。

李阿答应了陶生的护镜请求。李阿懂得,如果没有其祖父陶潜的《桃花源记》,就不会有这场旷日持久的彼岸运动。陶潜的文字点燃了世人逃遁的愿望。在一个分崩离析的世界，逃遁是生命自卫的唯一策略。

四

【栾巴的寒石散】

栾巴有异装的嗜好。他平素喜欢穿女人服装,满脸敷有厚厚的脂粉,嘴唇上还抹着鲜艳的胭脂。他用紧缠的帛布束腰,让腰细得犹如淑女,腰间还系有一面手掌大的铜镜,随时都会举起来自照一番,做出顾影自怜的样子。

他每日要跟三个女人做爱，精气早已虚脱耗尽，但只要服食徐晏春药"寒石散"后，就能重新昂奋，继续在床帏中奋战，不分昼夜。杀人和做爱，这是他日常生活的两种状态，他像坐在秋千上那样，在这两种状态间有节律地摆动。

寒石散的配方当时还是一种秘密，只流行于少数官员和士人之间，成为纵欲或佯狂的工具，它包含钟乳石、紫石英、白石英、硫黄和赤石脂等五种石料，另一种晚起的方子，则包含丹砂、雄黄、白矾、曾青和慈石，无论如何，都是用以壮阳的极限之药，其药力和毒性都令人发指。把这些矿料研磨成细粉之后，与酒一起饮服，就可以迅速达到疯狂状态。但因过度服食而中毒身亡的，不计其数。它是贵族和士人的流行时尚，也是令人胆寒的冒险。只有栾巴能够抵御寒石散的毒性。他孜孜不倦地服食，毫无惧色。

【窦少卿来了】

窦少卿是皇帝企图利用和追杀的对象，为逃避追杀，他辗转来到芦花坞，在客栈掌柜弧瓜的安排下，与李阿秘密会面。窦少卿向李阿亮出了自己的身份，但李阿半信半疑。少卿于是取出自己的一对阴阳镜说，这是我亲手打造的神镜，世界上没有第二人能拥有它。

李阿愣住了，仿佛看见了镜神本人。

李阿喜出望外，把他载入镜岛，在屋前的草地上摆下宴席，纵酒三天三夜，相谈甚欢，彼此结为莫逆之交。

李阿跟窦少卿一起在月下饮酒。这是一天中最惬意的时刻。浑圆的月亮升现在苍穹之上，万物都浸染着它湿润的光华。他们在月下谈论铜镜的历史、秘闻和哲学，交换着各种与神镜相关的奇闻异事。历史写在少卿满是沧桑的脸上，而哲学从他的嘴唇里吐出，犹如吐出曼妙悠远的香气。李阿听得入迷。他端坐在草席上，仿佛一个学生在倾听老师的训诫，心里流动着智者的光辉。

少卿从怀里掏出一面宝镜，告诉他这是终极之镜，因为它可以让世界像纸一样折叠起来，装进它的内部，像塞进一只拳头,所以他管它叫"拳镜"。

李阿脸上露出将信将疑的表情。

窦少卿长叹一声说,我无法向你证实,因为你我都会在这折叠中死去,但我曾亲眼看见我老师这样做过。他由于绝望,卷起了整个世界,天地黯淡无光,伸手不见五指,等到天空重新明亮和高远起来,一切都被改变了。我无法形容这种变化,就好像天和地、左和右,里面和外面,上面和下面,所有的事物都被反转了。但在世界复活之后,我的老师不见了,完全没有踪迹。这是一件非常恐怖的事情。除此之外,你可能根本无法感到它的改变。它阴险、恶毒、没有廉耻,在你不经意之间,就转化了一切。它是所有镜子的祖宗,是镜中之镜和镜上之镜。

李阿问少卿,既然你拥有如此众多的宝镜,你又如何去藏匿它们?

窦少卿说,它来自虚空,必定要回到虚空之中。他演示给李阿看。他举起持镜的右手,念动咒语,铜镜慢慢变淡,仿佛雾化了似的,一阵风吹来,它就烟消云散。他对李阿说:现在你看好了,我要它即刻回来。他再次念动咒语,像虚空抓取,抓了几次,眼看就要落空,突然手掌里出现了一个雾状物,慢慢变得清晰起来。李阿无限惊异地看见,神镜已经回来,由雾团变成了硬物。

窦少卿说:这不是戏法,这是神通,来自日神少昊的传授。我用它来收藏我的作品。我不能让那些贪婪的偷盗者得逞。

他从李阿屋里取来那具古琴，信手弹来，风轻云淡，高山流水。他对李阿笑道，世道险恶，好日子不多了，咱们早晚都会死于非命，但有你这样的知音，我心足矣。

【栾巴出征】

皇帝的杀手组织"宝光阁"，到处抢夺神镜，追杀护镜师，成为神镜的最大威胁。铸镜师、镜主和护镜师被屠杀殆尽。

栾巴的目标，除了窦少卿，就是最后的护镜师——李阿。此人神出鬼没，就连最厉害的探子，都不知道他的下落。

在这个庞大的国家,到处都是关于李阿的通缉榜文。它们被张贴在所有的城门口,其上还有他的粗劣画像。许多告密者为赏金而提供线索,但当杀手们将其捕获之后,才发现并不是李阿本人。这样的乌龙闹了七八回,以致整个杀手团都开始怀疑,所谓的"李阿",只是一个可笑的传说而已。

【焚镜炉】

那些收缴的神镜被送进宫里,由皇帝亲自检验,有用的留下,有害的投炉焚毁。宫里出现了一座高大的焚镜炉，以山西焦炭为燃料，温度足以烧化一切金属。它的火焰在日夜燃烧，熔解后的铜镜变成灼热的汁液，从管道中流向铸币工场，被御用工匠铸成全新的铜钱。皇帝用这些钱币来犒赏那些为他抢夺铜镜的杀手，反正羊毛出在羊身上，皇帝大人并不吝啬这些小钱。

【李阿的日常生活】

每天早晨，李阿就起身练习剑术和拳术，先吃过简单的早餐，然后开始打磨宝剑和神镜。完成这些基本事务后，他就读书、自我弈棋和沉思。下午时分，他盘整花园，种植一些奇花异草，还修理迷宫，改造迷津里的各种装置，一直到太阳落山为止。这是护镜师一天的基本日程。李阿的日子在有节律地推进。

　　李阿对时间精密性的依赖，到了令人发指的地步。他在白昼用圭表测量时间，夜晚则使用漏壶，有时还使用某种来自身毒的线香，它们散发出沉香、雪松、肉桂、乳香、没药和龙脑的混合香气，令他想入非非。有时，缬草、甘松、丁香和天竺薄荷的线香，却能令他清醒起来，想起那个正在彼岸受难或享乐的女子。

【李阿钓鱼】

在大多数情形下,李阿喜欢自己钓鱼。那是他一天中最放松的时刻。鱼的语言比较复杂,通常由七八个句型构成,但李阿只注意它们上钩时的叫喊:"完了,完了……"它们绝望地张着嘴,在这叫喊中窒息而死。这是李阿唯一的喜悦来源。鱼语是无言的,却充满了戏谑性的元素。死亡是内在的,被水流遮蔽,变得很轻,像杨花飘过河面。

【水仙的镜中情人】

颜植派管家用大车载着夫人水仙,到处寻访两位"名医",一直找到吴郡的芦花坞。管家向李阿恳求,希望他能救治夫人的顽疾。李阿勉强同意,管家于是丢下女主人和一箱银锭,扬长而去。

李阿把水仙带往镜岛,让她住进茅屋,仔细观察她的举止,发现她只是在跟镜里人物私语而已,恍然大悟,知道了她的秘密,于是向她逐一展示其他神镜,介绍它们的非凡功用,并且告诉她,她拥有的镜子,是一件罕见的珍宝,名叫"火齐镜",当年由西域小国进献给周穆王，不知怎么会落入她的手里。

颜夫人听得呆了。她突然懂得了铜镜的对称性原理。那个跟她对话的男人，在镜子的另一边，跟她一样，也陷入了类似的困境。李阿建议她越过镜子的边境，彻底解决情爱问题。

李阿说："你的男人是一堆粘着铜钱的狗屎，他不值得你去牺牲。你应该抓住镜里的男人，他才是你的正神。"

颜夫人如梦初醒。她决计入镜去彼岸世界，与那位耳语者相会。她知道，那是她所期待的归宿。铜镜此前提供了他的影像——瘦削、清癯，眼神忧伤，嘴唇柔软。她知道，她不可抗拒地爱上了对面的男人。她只需要向前跨出一步，就能站到他面前，成为他的女人。在李阿鼓励下,她戴着自己的玛瑙项链,坚定地走进壁橱,融解在明亮的镜光之中。

一年以后,颜植行商途经此地,曾经上门探问,知道妻子水仙已经入镜而去,脸上露出释怀的表情。他已另娶三房小妾,颜夫人的去留死活,跟他没有太大的关系。他只是想来验证一下她离去的事实而已。在逼他留下二百两银子之后,李阿正色告诉他,若是再次见到他,他就会死无葬身之地。颜植脸色惊惶地乘坐马车逃走了,飞扬的尘土遮蔽了他佝偻的后背。

【镜主的爱情】

苏娥的身份有点神秘。她在第一年里对自己的真实身份一无所知,后来在一次做爱时,她才承认自己是一位失意的公主,来自神圣的宫城,但背后的故事,她仍然不愿涉及。她是个沉默寡言的女人。

在九面镜子中,只有苏娥的神镜是持续发光的。只要在密闭的黑暗中,镜面便会吐出光华,将全屋照亮,犹如置身于白昼,可以照亮整个屋子,而他的宝剑则黯然无光。他就用这镜子作为灯具,就连夜间小解,都把它带在身上,犹如带着一盏明亮的行灯。李阿把尿射到一丈外的河水里。

苏娥第一次入镜，只在彼岸住了二十八天。这是月经历法所设定的循环周期。她的回返时刻被预定在子夜。铜镜开始发出明亮的大光，光线径直射出门缝，击中了刚刚入睡的屋主。李阿翻身而起，看见苏娥推门袅袅而出，仿佛女神出浴，带着迷迭香的迷人香气，犹如松木的芬芳，清甜中带着细微的苦涩，浓郁得令人晕眩。

苏娥笑吟吟地望着李阿，翕动嘴唇，仿佛想说什么，李阿点点头，好像已经听见了她的心语。他俩一起坠入了情网。她跟他日夜做爱，她叫得惊天动地，而李阿则一泻千里。附近的花鸟鱼虫都变得沉默起来，仿佛在充满妒意地偷听。

对于苏娥而言,李阿是她在寻父的路上捡来的男人,一份额外的战利品。她必须学会使用他的身体和武器。

但在苏娥离开的时光,李阿只能独守空房。她所造成的真空令他不安。她的笑靥、语音和气味都萦绕在四周,但她却不复存在。他为此变得焦虑起来,他很想知道她在彼岸世界的情况,却碍于职业操守而无法探问。这种矛盾和焦虑变得日益严重。

【苏娥的反转性】

李阿对苏娥的唯一不适,是她身上的反转性。她的伤疤从右胸转到了左胸,她紧握他阳具的手,由左手变成了右手，而她握筷的手，则由右手变成左手。李阿无法忍受这种诡异的变化。后来他才懂得，这是镜像化的必然后果。但在一次热烈的河里沐浴和做爱之后，这种反转性突然消失了，一切都归于正常。水洗掉了出入神镜所残留的对称性痕迹。

【镜像的对称与反转】

出现在苏娥身上的症候，不是一种孤立的现象。所有出镜者的身体和服装，都具有某种显著的镜像特征——左右反转。结果出现了镜主的左撇子效应，身上的斑纹、黑痣和疤痕出现对称性位移，而被镜主随身带回的书信和印鉴,也随之遭到反转,以致难以识读。只有洗澡或下水后,才会神秘地恢复原状。

这种反转性跟对称性是彼此关联的,反转为了表达对称。两个世界彼此对称,并且在精密的对称中完成反转。这是此岸和彼岸的唯一差异。

神镜可能不是此岸和彼岸间的唯一通道。它们形成了自我缠绕和回旋的结构。此岸和彼岸在回旋中连接起来。它要重新为"乌托邦"下定义。

◤

五

◢

【李阿之母】

栾巴获得的情报,把他引向李阿的故乡。他在那里找到他的母亲,一个已经双目失明的老妪。栾巴在问不出任何有用的消息之后,割掉了她的舌头,然后用一根木橛把她钉死在门板上。栾巴有些生气,开始焚烧整座村庄，用弓箭逐一射杀那些四处逃窜的居民。他花了大半天时间，把上千名族人屠杀殆尽。

【苏娥的回访】

在半年后的那次回归中，苏娥的神情变得憔悴和黯淡，仿佛受了很大的惊吓。李阿追问她寻父是否顺利，她摇摇头，眼里闪出了水光。李阿有些不妙的预感，但苏娥闪烁其词，不肯坦言相告。

她用舌头堵住了李阿的追问。她的亲吻充满悲伤，令他感到尖锐的刺痛，她就这样在沉默中跟他做爱，紧咬嘴唇，泪流满面。李阿甚至找不出任何安慰的言辞。他只是温存地运动着,试图用肉身的愉悦让她解脱,但收效甚微。他知道,他根本无法进入女人的内心。

【李阿的妹妹】

栾巴在寻找李阿早已出嫁的妹妹李艾。这个过程比他寻找李阿母亲要困难许多。她是一名商人的妻子,生有两男一女。栾巴从集市上获得了商人的消息,然后辗转三个多月,走过几十个城镇,终于找到他的行踪。他从一家客栈里找出商人,逼他说出妻儿的下落,然后剥下他的皮,带着这具失去皮肤的肉躯来到他家,逮捕他的妻子。但妹妹李艾也不知道李阿的去向。她说她已经五年多没有哥哥的消息。

栾巴这回更加生气了,他把这家人全部扔进柴堆,让炽烈的火焰把他们烧成灰烬。

【戏子栾巴】

栾巴从这种杀戮游戏中获得了巨大的快感。但这快感稍纵即逝,需要持续不断地寻找新的刺激。皇帝赋予的权力,为他提供了无限的可能。他的性情变得更加阴鸷而狠毒,表情却变得更加妩媚,犹如一个超级妓院里的头牌妓女,在男人面前,他腰肢柔软,十指纤细,阴郁的眼神里流露出无限的柔媚。

他正在蜕变成一个地道的梨园女优。在杀人之前，他先在眼角上涂抹胭脂，在指甲上反复涂抹凤仙花汁，仿佛是戏子登台前的化装。杀戮是一场庄重的表演，他融入杀手的角色，努力把它演得尽善尽美。他在自己的旦角里无法自拔。

【杀戮的美学】

跟栾巴的南方型杀戮相比，北方胡人的杀戮看起来更加凶暴，因为被杀的人数更多。汉人被成千上万地屠杀，有时整座城市被杀得精光，就连家犬和飞鸟都难逃厄运。从魏晋南北朝到五代十国，数亿人口在疯狂的杀戮中灰飞烟灭。栾巴鄙视这种风格粗鄙的屠杀,他需要的是更为精致的美学,他在努力营造一种阴毒、残酷,却又充满诗意的屠夫氛围。没有人能理解他的这种暴力哲学。他在精致化杀人的道路上一意孤行。

【双胞胎婴儿】

苏娥已经有半年都没有露面了。她在一个细雨迷蒙的早晨突然返回,并带来一对只有三个月的双胞胎儿女。李阿感到非常吃惊。但苏娥对自己的遭遇仍然讳莫如深。她只是恳求李阿帮她照料自己的孩子,因为她必须回到彼岸料理后事。这次她一反常态,没有跟他做爱。她好像对做爱这件事感到非常沮丧。李阿抚摸她后背时,她浑身战栗,躲开身去,仿佛有一种巨大的厌烦。李阿犹如被当头一棒,表情茫然。

在得到李阿应允之后,苏娥又匆忙返回彼岸,从此杳无音信。在李阿四周,只有虫鸣和蛙声。它们在李阿面水自渎时大肆歌唱,似乎在嘲笑他的孤寂。苏娥的身躯和灵魂已经离他很远,他的迷惘越来越深,就像这没有边际的迷津。他陷入了苏娥的迷津,难以自拔。

【追踪窦少卿】

追踪窦少卿的杀手,沿着线索找来,假扮成一名镜主,态度谦卑地约见李阿,而在李阿现身之后,向李阿强索窦少卿的神镜,要将其封锁在彼岸。李阿笑道:你知道我是何许人吗?

赏金杀手愠怒地骂道:我才不管你是何人,你不过是个护镜的保镖而已。你交出宝镜,我就饶你不死。

李阿出剑犹如闪电,一招就割下对方的右耳。

杀手捂着头脸,狼狈地逃走。李阿仔细擦拭着剑刃,温存地对宝剑耳语说:抱歉,我让狗血弄脏了你

古事記

銅鏡事典 銅鏡層景

圖三

的身子。他还剑入鞘,迈着大步走回码头,腾身一跃,跳上了小船,身姿优美而潇洒,令站在一边观战的弧瓜赞叹不已。

【奶娘绿巧】

为了抚养两个孩子,李阿从镇上买来一名叫作绿巧的奶娘,专门负责喂婴儿。因为穷困,她刚刚卖掉三个月的女婴,奶子里填满无处可泄的乳汁。双胞胎婴儿的出现,正好帮她解决了这个困窘。

夜间婴儿入睡之后,她就睡在李阿门口。李阿开门出去撒尿,看见她蜷缩在草席上,袍子挤在一边,露出了白皙而饱满的大腿。他觉得这女子孤单可怜，就把她抱到自己榻上。绿巧被弄醒了，眼泪汪汪地望着他，脸上露出了小狗乞食般的表情，仿佛在祈求他的恩典。他迟疑了一下。她欢喜地大笑起来。在整个做爱的过程中，她一直在咯咯发笑，时而发出几声极度满足的尖叫。这样反复几天之后，绿巧就成了他的小妾。

她乳房硕大，不停地流着奶汁。两个婴儿的吸吮，还是无法弄干她的衣襟。她只好把李阿也叫来吃奶。李阿起初有点羞涩，多吸几次之后，竟有些上瘾，在腥甜中带有奇异的香草气味。最后，他竟跟孩子们抢奶吃，完全丧失了一个护镜师的尊严。绿巧嬉笑地看着这个场景，眼神里装着满满的母爱。

【镜鼠王到访】

镜鼠王在芦花坞已经盘桓许久,这里的居民开始接纳他,把他视为"本地人",而他对李阿的调查,也已基本完成。在一个月黑风高的夜晚,他身穿黑色紧身短靠,雇佣一名渔夫,悄然奔赴芦花津。在迷津里转了三个时辰,最后终于发现了镜岛。

它位于一片高大的芦苇丛背后,一般人都会忽略它的存在。就连最精密的地图都会失效,但镜鼠王闻到了炊烟的气味。它顺风吹来,带着烧焦的木炭味和饭香味,若有若无地在空气中消散,却被他机敏的鼻子，抓住了最后一缕残香。

镜鼠王对渔夫说，应该就在这茅草丛的背后了。渔夫轻轻划动小船，转过两三个小湾，果然看见了镜岛，其上坐落着一幢精致的瓦房。他的心怦然直跳，知道自己大半年的心血没有白费。他观察了半天，没有发现有人走动。岛上的居民，此时应该都已经熟睡。他悄声登岸，绕着瓦房转了三圈，判定这就是大名鼎鼎的镜屋，但窗户里一片漆黑，听不见任何声息，仿佛根本无人居住。

他纵身上房，准备揭瓦入屋，从那里看一下里面的动静。瓦片没有什么异样，他锯开望板，用竹竿向下轻轻捅了一下，触碰到坚硬的底部。那应该是天花板，这令他感到有些惊讶。在他的偷盗生涯里，这样的结构非常罕见,估计是主人用来防止偷盗的。

他一跃而下,想进一步深入虎穴,两脚却被尖锐物插入,顿时痛得叫了起来,点亮火折子查看,发现这是个密闭的三角形空间,地板上插满了尖利的铁扦,而他的双脚已经被五根铁扦刺穿,鲜血淋漓。他小心地拔出两只脚掌,感觉实在难以行走,只有伸手向上攀缘,艰难地爬回屋顶,又忍着剧痛,翻身跃下屋顶。眼前突然闪出一条黑影,一把冰凉的利刃,已经架上自己的脖子。

【李阿放人】

李阿仔细打量着这名盗镜者,发现他虽然行为猥琐,但面相堂正,器宇不凡,心想这应该不是等闲之辈,便笑着问道,这位客人尊姓大名,不知为何半夜到访?又不走前门,反而上房揭瓦,举止甚为奇怪。

镜鼠王平生第一次被人当场擒获,知道难免一死,反而露出了视死如归的表情。他笑着给李阿躬身请安,说自己久仰先生大名,只想取几枚铜镜回去欣赏而已,并不想惊扰先生的清梦。李阿见他毫无惧色,倒也生出了一份敬意。

镜鼠王说出自己的名号，李阿点头说，果然不出我所料。今天你若能说出盗镜的理由，我就放你一条生路。

镜鼠王看着李阿，淡淡地说了一句：无论偷盗还是守护，都是同一种迷恋。

李阿心里一惊，知道遇到了知己，于是把盗贼请入屋中，以酒相待，两人竟然畅叙到了天明。

镜鼠王辞行时，李阿送他一面天下闻名的"月镜"，那是他收藏的心爱之物，可以将夜晚照得犹如白昼。李阿暗藏讥讽地说：你有了这件宝物，便可在夜间上房之际，看清脚下的机关。镜鼠王佯装没有听出他的弦外之音，只是眼神恳切地说，小的却之不恭，受之有愧。先生今后若有什么需要，尽管吩咐，我将赴汤蹈火。

李阿看着他登船离去，心中竟有些不舍。他在河边发了一会呆，听见绿巧在喊他。他转身走向茅房，女人正蹲在屋旁草丛里小解，她提起裤子，向李阿抱怨说，家里什么吃的都没有了。

【李阿的困窘】

李阿在屋子里翻腾了一圈，想找出一些过去囤积的食物，但出乎他意料的是，镜屋这么快就出现了财务危机。他的雇主虽多，但只缴付了第一年的费用，而此后返回付款的却非常稀少。他们大多一去不返。

没有新的收入，他的日常生活开始捉襟见肘。

过去积攒的银子，他要留给铸镜师窦少卿，因为李阿曾向他做出承诺，为他筹备资金，以便未来能铸造更加伟大的神镜。他把这些银子藏进了芦花津某个小岛的地洞里。除了他本人，没有任何人知道这笔财宝的下落。

他对已经怀有身孕的绿巧说，你去想办法吧。你会有办法的。

【青年磨镜师傅】

绿巧掌握了穿越迷津的技巧。为了解决生计，她经常前往小镇,用自己精美的绣品换几串铜钱,再换回必需的食品和婴儿用物。但这还远远不足以维系家用。李阿于是让她典当了一把珍藏多年的宝剑,换回五十两银子,暂时结束了拮据状态。

绿巧对桃花坞有一种难以言喻的眷恋,因为她在这里长大,还有一大堆青春期的记忆。她把自用的俗镜,交给那位外乡来的青年磨镜匠,让他仔细打理。镜子是绿巧的生命。她像所有年轻女人一样,靠镜子里的影像来获得存在感。

磨镜匠长着一张棱角分明的脸,眼神明亮,笑容单纯,孜孜不倦地替她磨镜,把镜面磨得锃亮。绿巧前去铺子,从他手里接过镜子,照见自己风情万种的脸颊。她媚眼如丝,从镜里看见身后的男人,正在痴情地望着她的脖颈。绿巧的脸登时红了,转过身去,一下子倒在对方的怀里。磨镜匠则紧抱她饱满的肉躯,喊着她的名字,周身热血沸腾。

他们从此开始了一种热烈而隐秘的苟且生活。绿巧以喂养孩子所需为由,增多了前往芦花坞的次数。李阿全神贯注于他的迷津工程,对此毫无觉察。

【李阿收到了警告】

李阿从客栈老板那里得到了一面铜镜,是一位不愿具名的客人所留,说是要交给李阿。两人在日光下研究了半天,却没有发现它的异样之处。但李阿在将它朝向太阳时,奇迹突然出现了。镜面将阳光反射到阴影里的墙壁上,其间竟隐然出现镜背上被放大的纹饰,其中夹杂着两个清晰的小字——"快逃"。李阿恍然大悟,这就是传言中的"透光镜",有人藉此向他传话,告诉他危险将至。

李阿怀疑这是铸镜师窦少卿的作为。但他还来不及仔细猜想。他站起身来,向店主告辞,登船摇橹而去。他知道,芦花坞迟早会沦陷,他必须加快打造迷津的节奏。

六

【"宝光阁"来了】

栾巴率领"宝光阁"杀手来到吴郡,加上当地驻军,共约两千多名士兵,把整个芦花坞变成刀枪林立的军营,而当地居民则沦为他们的奴隶,为他们洗衣、烧水、做饭和喂马。女人在夜晚还要充当性奴,她们的哀号和哭泣声彻夜不息。

栾巴查出泰吉客栈店主弧瓜的身份,对他实施剐刑,将他的皮肉用利刃割下,一片一片扔进铁锅,而士兵们则举着长竹筷抢食,在这种变态的狂欢中将其折磨至死。弧瓜临终前,嚼碎自己的舌头,将一口带肉的血沫吐到栾巴脸上,然后气绝而亡。栾巴抹去脸上的血污,割下他的头颅,将它悬挂于木柱,插在通往芦花津的河岸上,向李阿发出咄咄逼人的挑战。

大军把芦花津团团包围,不许任何人擅自出入。栾巴还使用心理战术,派人在芦花津里到处投放战书,宣称他杀掉了李阿的老母和妹妹全家,如果李阿有种,就出来跟他对打,看看谁的剑术是天下第一。他要用这死亡的消息,去摧毁对手的反抗意志。

【受惊的鹅群】

那群原本属于弧瓜的白鹅，越过迷津逃往镜岛，登上杂草茂盛的泥岸，发出惊慌的叫声。看见它们涌现，李阿知道事情不妙，弧瓜一定凶多吉少。数个时辰之后，又有几个渔夫逃进芦花津，向他提供"宝光阁"杀手团的情报，并送来栾巴散发的战书。

李阿知道老母和妹妹被残害的事实，放声大哭，心中燃起炽烈的仇恨火焰。但他很快就恢复了理智。他要继续强化正在营造的防御体系，但没有胜利的把握。数千名敌人已经逼近，而他只能孤身奋战。他几乎已经看到了失败的结局。

但他依然在顽强地修建他的迷津。他改造那些分岔的河道，种植相同的小树，制造重复的景观，又添加了一些似是而非的路牌。这些设施能够大幅度增加芦花津的迷性。他在河道里设下渔网，可以缠住入侵船只的橹桨，令其无法动弹；而在河岸上，他安装了一些触发型暗弩，能一举射杀入侵者；在那些小岛上，他还安装了竹扦陷阱，一旦落入坑洞，便会万箭穿心，死于非命。

【窦少卿的镜阵】

就在这危急的时刻，一个令人焦虑不安的夜晚，属于窦少卿的壁橱突然明亮起来，铸镜大师重返镜岛。李阿喜悦地起身迎接，犹如见到久盼的亲人。

窦少卿说，我已经知道"宝光阁"的包围计划。他们很快就要发起攻击了。你的那些装置只能减缓攻击，但无法阻止他们。我有一个办法，能够彻底解决这些坏人。李阿喜出望外，赶紧向他讨教。窦少卿说，神镜会形成一种最厉害的迷津，让他们彻底迷失，并且陷入疯狂。

第二天，他们就着手布置镜阵。李阿要从壁橱里取出九面神镜，被窦少卿阻止。他说，不能轻易动用别人的财产，万一受到损坏，你将无法交代，还是用我自己的为妥。窦少卿伸出手来，从虚空里逐一拿出他自己收藏的神镜，一枚接着一枚，就像一个手法华丽的魔法大师，这样总共取出了九面。李阿在一边看得呆了。

他们选择了附近那座叫作"桃花屿"的小岛，把它确定为布置镜阵的战场。岛上原有的一座茅棚，稍加修整，就能成为引诱对手上钩的饵料。他们依照八卦布局，将八面神镜，分别悬挂在小岛边沿的八个方位，中间的大槐树上，悬挂那面"镜王"，再加上六把李阿收藏的宝剑，形成镜像和剑气的迷宫。

窦少卿说，这种九六阵法，是迷津中的迷宫，因为镜子是阴性的，而宝剑是阳性的，这些神圣器物在风中转动，互相反射，可以无限地复制镜像，制造出无穷映射的幻境，足以让入侵者心智崩溃。

【铜镜蜃景】

从窦少卿那里李阿获知，只要把两面神镜置于面对面的位置，两镜之间就会出现幻象，而位于两者间的人，会陷入幻境而难以自拔。这就是世人所称的"海市蜃楼"现象。世传的海市蜃楼，原因多为道士们无意中在一条直线上使用铜镜，而镜面又彼此相照，尽管相隔百里，仍能制造巨大的蜃景幻象，令远处的观察者无比惊讶。

九种神镜形成的阵法，其功能远远超过这类蜃景。窦少卿不愿多谈它的神通，只是淡淡地告诉李阿，你只有亲眼看到它的威力，才能相信它们所创造的奇迹。

李阿说，现在的问题是如何引他们入局。

窦少卿笑道，我会把他们引来，你只需在此守候。如果镜阵失效，你就应以剑出手，绝不可心慈手软。人与镜的决战，胜负的结果，其实都在你的手里。

李阿没有吱声。他听见宝剑在剑鞘里发出低低的鸣响。他知道，他将重回腥风血雨的世道。

【绿巧产后私奔】

绿巧在镜岛上生下了李阿的孩子。在没有助产婆的情况下,她自己分娩,又自己咬断脐带,穿上裤子,然后给婴儿沐浴,扎上襁褓,喂了头一道奶。做完这一切之后,她抱着婴儿,坐上小船,跟着那位年轻的磨镜师傅走了,一去不返。临走前留下一个木片,上面画着一个女人正在走出大门。她要藉此向李阿和镜岛的岁月辞别。

磨镜师傅事先买通了栾巴的士兵,让他们网开一面。他们星夜越过关隘,逃离被严密包围的现场,向南方翻山越岭地逃亡,把战争和苦难远远抛在身后。

芦花坞里,栾巴的士兵们正在监督民夫制造竹筏,他们需要进入芦花津的交通工具。数百名农夫在皮鞭的抽打下日夜赶工,稍有反抗,就会被杀死,尸体被高高悬挂起来,在空气中腐烂发臭,像一个恶毒的警告。

【栾巴进攻】

陶生在彼岸世界失败而归,无意中(没有通过神镜)折返了芦花津,连他自己都为此迷惑不解。为什么他越镜而去,行走了一圈之后,竟然又回到他出发的地点。他被这个折叠的空间弄得晕头转向。

就在误入芦花坞之际,他被"宝光阁"的士兵所俘获。他们发现了他的秘密,用重刑威逼他招供。陶生无法忍受酷刑,在哭喊中说出李阿的秘密。他画了一份地图,描述了迷津的结构,以及镜岛的大致位置。他说,请你们不要打我,我痛不欲生。

栾巴把陶生带进自己的房间,在强奸他之后,命人把他扔进沸腾的油锅。他派人在军营里传令,今晚将举办盛大的"陶生宴",全体将士务必纵酒狂欢,因为明天,他们将进攻芦花津,一举擒获皇帝的死敌。

在酒宴的高潮,栾巴穿着绫罗女装袅袅现身,演唱"踏摇娘"。他扮演挨打的醉鬼妻子,以优雅的舞姿徐徐登台,边走边唱,诉说心中的无限哀怨。每唱完一段,都有歌队合唱帮腔。而后,扮演"丈夫"的男演员戴着面具上场，两人开始互相追打。"丈夫"性情凶残，却醉步踉跄，而栾巴在戏弄和挑逗，令对方丑态百出，最后还脱下"丈夫"的裤子，在万众欢呼声中，割下了他的阳具。

在原初的台本里，这应是一次虚拟的阉割，由女戏子挥动木质道具完成。但栾巴篡改了演剧规则，他挥动手剑，让表演变成血淋淋的献祭。男戏子在地上打滚，痛不欲生，而栾巴则高举着对方的器官，发出疯狂的大笑，仿佛在炫示一件战利品。杀手们顿时安静下来。他们面面相觑，惊得说不出话来，因为这早已超出了娱乐的边界。

第二天黎明，栾巴的军队，坐满两百条竹筏，打着杏黄色的"宝光阁"旗幡，开始向芦花津发起雄壮的进攻。栾巴自己站在领头的"旗舰"上,穿着花团锦簇的女装,目光如炬,身姿绰约。

【窦少卿献身】

窦少卿独自出现在栾巴的视野中。他头戴斗笠,身披蓑衣,乘坐在一条小舟上,仿佛正在聚精会神地垂钓,纹丝不动,安静得犹如入定的老道。

栾巴的船队悄声包抄过去。桨声低微,士兵们都屏住了呼吸。

窦少卿突然钓起一条鳜鱼,仰天长笑。他把鱼扔进鱼篓,把小舟缓慢划入一条窄河。

栾巴的船队在后面紧追不舍。

窦少卿转过十几个河湾，停下，在鱼钩上加上饵料，下钩，再度端坐船头，仿佛在等待什么。

栾巴终于失去了耐心，张弓连射三箭。他看见窦少卿胸前中了一箭，血渍染红了整个胸襟，他的身躯摇晃了一下，然后一头栽进了河水，整个身体浮在水面上，手里还握着钓竿，安静得仿佛一个入睡的婴儿。

杀手们打捞起了他的尸体。栾巴试图看清这个伟大的铸镜师的面孔。它轮廓分明，白皙而平静，带着一缕嘲弄的表情。栾巴对它说，我追了你多年，你大概从来没有见过我吧？

栾巴没有料到，他竟然听见尸体的回答：我是你的镜子，我照出了你的死讯。

栾巴眯起眼睛,狠狠盯着纹丝不动的尸体,以为自己出现了幻听。杀手们用长矛去戳窦少卿的尸体,它翻转了几下,缓缓沉入水下。河面上涌起了一串水泡,那来自窦少卿的肺部,他在水底呼出了最后一口气息。

【栾巴之死】

"宝光卿"栾巴突然发现,自己陷入了一个无法进退的迷津。到处是岔道和芦苇,根本找不到任何出口。好不容易进入一个更为开阔的河面,看见一片建有茅舍的高地,其上长满高大的苦楝树和低矮的蒺藜。

栾巴欣喜地叫道：就是那里，孩儿们给我上！

　　杀手们登上小岛，发现茅棚很小，只能容纳几头肥猪，里面有一块木牌，上面用墨汁写着"汝死"两个字，字体粗放有力，犹如刀刻一般。栾巴自思上当，正要退走，却发现四周树上悬挂着一些铜镜，在风中转动，发出银铃般的诡异声响。栾巴刚想走近细看，却被铜镜的光线所迷，好像风把一些细小的沙粒吹进眼睛。苦楝花在散发清香，诱惑着他空虚的灵魂。

　　他揉了揉眼睛，却无法阻止眼泪的涌现。他看见了来自铜镜里的亡灵们。他们是一些表情狰狞的厉鬼，簇拥在他身边，彼此重叠，挤得他透不出气来。越过花香，他闻到了一股臭屁的气味，但那实际上不过是尸臭而已。他吓得大叫起来。

他的士兵们看见他独自站在岛上，表情惊恐，满脸是泪，仿佛看见了什么妖怪。他们开始呼唤他，甚至试图去拉开他。但栾巴推开了他的属下，步履坚定地站在潮湿的土地上。越过亡灵们的影像，他看见了皇宫和新帝，看见了那些袅袅而行的宫中女人，看见了都城街道的喧哗的人群，看见舞台上粉墨登场的戏子们。他们像烟云一样浮现，近在咫尺，又不可捉摸，向他发出亲切的召唤。

栾巴幸福地笑了。他知道，自己回程的时刻已经到来。在无数镜光的照射下，他走下了河滩，一步一步地走进河流深处，然后用手剑缓慢地插入自己的头盖骨。水面上浮起一大团红白相间的污物。所有人都目瞪口呆，却没有任何人出手阻止。

这年暮春,"宝光卿"栾巴死于芦花津水域的深处。他甚至没有来得及留下一句遗言。

【"宝光阁"解体】

"宝光阁"杀手团就这样迅速瓦解了,他们开始慌不择路地后撤,迷失在芦花津的河网地带,其中一部分人被暗弩和竹扦所杀,另一些则淹死在河里,只有极少数人活了下来,被过路的渔民带出,却都成了呆傻的疯子。他们留下的竹筏,被渔夫们晾干后当作柴火烧了。

镜鼠王闻讯赶来支援李阿,但还是迟了一步。他吃惊地看见，失心疯的杀手们站在芦花坞的石板街上，指着自己的鼻子，高声叫喊自己的名字。从大屠杀的血泊中爬出来的居民们，被这种滑稽的景象所逗乐，忘了恐惧，开始哈哈大笑。

镜鼠王非常失望。他未能跟李阿和窦少卿并肩作战，谱写三剑客的伟大篇章。他在小镇上转了一圈，看见居民都在忙着掩埋亲人的尸体，觉得索然无味，便悄然离去，没有进芦花津去拜会李阿。他想，李阿此刻一定沉浸在胜利的荣誉之中。而他只是一个事后出现的道喜者。他不愿扮演这种可笑的角色。

古事記 銅鏡事典 李阿入鏡

圖四

七

【绿巧的原形】

绿巧跟着磨镜师傅来到他的老家,在那里成婚,开始过上平静的生活。磨镜师傅接受了她跟李阿的孩子,将其视为己出。绿巧在风尘里打滚多年,突然有了温馨的小家,心中感念磨镜师傅的良善,就此收起时常荡漾的春心。生活里的一切,似乎都在慢慢变好。

那日婆婆整理旧物,翻检出丈夫生前留下的一面铜镜,把它送给儿媳。绿巧不知深浅,拿起古镜随意照照,突然在镜中现出自己的原形,原来是一头站立的狐狸,拥有橙黄色的美丽皮毛。全家人都大为惊骇。绿巧下跪叩头,自称是一头千年狐狸,因化成女形去迷惑男人,触犯了死罪,被众神追捕,东躲西藏,好不容易来到此地,跟夫君有了幸福美满的生活,不料遭遇神镜,令她再也无法得以隐形和永生。

怜香惜玉的磨镜师傅,想放绿巧一条生路,但她因被神镜照过,死期即将到来。绿巧哀求丈夫,想要以这最后的时光,来享受人生的短暂欢乐。磨镜师傅将镜放回匣中,亲自为绿巧敬酒,并叫来四邻,大家一起纵酒狂欢。

绿巧不一会儿就酩酊大醉,起身边舞边唱:宝镜啊宝镜,悲哀啊我的生命,自从我脱去狐狸的原形,已经侍奉了好几个男人。活着虽是欢乐之事,死亡也不必过于伤心。还有什么值得眷恋呢?只要享有这一时的快乐,我就心满意足。亲爱的夫君,此刻我要跟你道别。我去的地方非常黑暗,那里不会有你的身影。

绿巧在啜泣中向众人道别,然后变形为一只狐狸,倒在地上死去。满座的客人,无不为之震惊。磨镜师傅抚摸着妻子柔软的皮毛,放声大哭。

他剥下绿巧的皮,把它做成了外套,四季都穿在身上。在妻子的亡灵离去之后,他住进她的皮囊,从那里获取她的永恒的体温。

【彼岸世界的动乱】

窦少卿之死,只是一切开始变坏的开始。李阿发现,世界正在快速恶化。镜子彼岸出现了难以形容的动乱,从镜子里掉出死鼠、一具婴儿的尸体和一些难以名状的动物骸骨,一串他认识的玛瑙项链(好像是颜夫人的随身饰物),以及一条男士的银质腰带,此后竟是一具新鲜而陌生的女尸……李阿胆战心惊地望着他的九只壁橱,不知它还会折腾出什么古怪的物事。

他知道这些东西代表死亡,全是不祥的恶兆。他忧心忡忡,对明天充满疑虑。他把所有的精力,都用于照料那两个孪生幼孩。他学着像绿巧那样给他们喂食，更换衣服，又竭力讨好他们，逗他们开心，甚至不惜在地上像蟾蜍那样跳跃。但他还是无法赢得他们的信任。他们每天都在哇哇大哭，到处寻觅绿巧的身影。李阿觉得自己很失败。他根本没有扮演父亲的资格。幸好绿巧带走了他的孩子，不然，他将陷入更加窘迫的局面。

【河神论镜】

秋天到了，芦花津进入一年中最迷人的状态，芦苇在风中摇摆，芦花大面积开放，白色的芒须在阳光下闪烁不定，仪态万千，像是一次对英雄和死者的致敬。

河神于黄昏时分出现于水面上。他是英俊的男人，长着一对长长的驴耳，目光清澈，语调温存，半个身子浸在水里，从容地跟他聊天，谈论神镜的哲学。

河神说，镜是无处不在的，河流与湖沼是最大的镜子，河神在这镜子里自由出没。河神才是最高的镜神。水镜里的世界，跟铜镜里的世界是相通的，它们彼此紧密地连接在一起，但河神拒绝谈论河面以下的具体事物。

李阿畏水，不会游泳。他拒绝去探问水镜背后的事物。那是河神的领域。他也不相信铜镜和水镜的内在关联。在他看来，固体和液体是完全不同的。铜镜与金土元素相关，而水镜则属于水元素。它们之间其实貌合神离。

河神每隔几天就来跟他聊天。这样的日子过了很久。突然有一天，河神不再出现。他又等了一个月，河神还是没有再现，他惘然若失，觉得再次失去了一位挚友。他跟窦少卿一样，像风一样吹来，又像风一样离去，没有留下丝毫的印记。

【苏娥的永诀】

苏娥再次现身，发髻散乱，衣襟上还沾着血迹。她来向他做最后的道别。李阿变得异常软弱，他开始流泪,恳求苏娥不要离开,做他的妻子,跟他一起过人生中最平静的生活。

苏娥表情憔悴而温柔,她好言安抚他,跟他回忆在一起的那些往事,反复做爱,直到他筋疲力尽地睡去为止。她推开被衾,悄然起身,走进茅屋,抱起两个还在熟睡的孩子,踏着皎洁的月色走向河边。她的裸脚因踩上尖锐的砾石而流血,但她没有丝毫感觉。她的衣衫在风中飘舞,像一个来自彼岸的鬼魂。她抱着孩子跳下河,向河心奋力走去,很快就淹没在河流的深处。月光照亮了这场充满诗意的谋杀。

李阿醒来后,发现苏娥跟两个孩子一起失踪,目瞪口呆。他不知道她们究竟去了哪里。前院的血迹一直通向河边,但他不会水性,根本无法潜水探查。他只能划船寻找她们的踪迹，却毫无结果。他又发动附近的渔夫和采菱女去集体搜寻，也没有得到任何回复。她和孩子们就像空气那样消失了。李阿满心绝望。他感到，支撑自己的那根脊梁，已经被命运击断。他瘫痪在自己的巨大痛苦里。

在苏娥自杀的河边，长出了三丛美丽的水仙。它们反季节地盛开，花朵散发出浓郁的香气，丝线般缠绕在李阿身上，即便在洗澡后也持续不绝，仿佛已经渗入他的毛孔和肌肤。他不知道这是苏娥的遗产。苏娥在用这种芬芳的方式跟他道别。

【神镜辞别】

"宝光阁"杀手的集体死亡,成为一条重大消息,在民间四处流传。李阿被说书人塑造成一个反抗暴政的英雄。但地方官府接到皇帝圣旨,行榜悬赏,要捉拿这个杀害官兵的反贼,赏金已经提到五千两白银的价位。大批赏金捕手向芦花坞聚集,局势再度变得严峻起来。

失去窦少卿的支持,李阿没有获胜的把握。他决定放弃镜屋,负镜逃亡。但苏娥的"寻宝镜"拒绝了他的安排。它以托梦的方式感谢李阿的守护,宣称将要弃世远去。三更时分，神镜在壁橱中哭泣，声音起初纤弱邈远，而后渐渐嘹亮起来，犹如龙吟虎啸，过了很长时间才平息下去。李阿起身打开壁橱一看，神镜已经不翼而飞。

【鹅群造访】

白鹅群因没有主人豢养，在芦花津里游动，逐渐野化，远离可怕的人群。它们自由自在地生活，没有人能接近它们。但它们有时也会出现在李阿的镜岛边，甚至登陆探视李阿，看他究竟过得如何。李阿把贮存在茅屋里的谷子和麦子都拿来喂养它们，白鹅们一边啄食，一边发出欢天喜地的叫声。

【皇帝驾崩了】

皇帝刘策的性情变得日益残暴而多疑，俨然是一位受迫害妄想症患者。他怀疑每个走近身边的侍卫和宫女，天天都在制造冤狱，杀死那些面目可疑的刺客。但他的身体不允许他持续暴怒。他身患毒疮，却没任何医士能够治疗。他躺在龙榻上，疮口散发出浓烈的臭气。

听说道士于吉神通广大，拥有"觅宝镜"和长生不老之术，刘策命人将其逮捕，捉进宫里。皇帝说，听说你的宝镜可以用来寻找自己的同类,我要你为我找出两个人,一个是窦少卿,另一个是李阿,我要得到他们占有的所有宝镜。我还要你的长生不老之药。我要永远坐在龙椅上,像彭祖那样永生。

于吉语调平静地拒绝说,我的镜子是有道德的,它不会为杀人的屠夫工作。

皇帝勃然大怒,亲手用斧头砍死了于吉,侍卫们涌上前来,用矛戈将其刺成肉泥。但于吉的尸体转眼间就从杀戮现场失踪,连地上的鲜血都不知去向。

皇帝惊魂未定,拿起于吉的神镜自照,突然看见于吉就站在自己身后,回头去看,却又杳无踪迹。如此反复再三,于吉始终就在镜里,还对着皇帝微笑。他骇怕得扑在镜子上失声大叫,身上的毒疮崩裂发作,第三天就驾鹤西去。

整个朝廷一片欢腾。太监和宫女们都奔走相告，说是暴君死了。这喜讯迅速传遍大江南北，贵族和士人们都在弹冠相庆。皇帝以自己的死亡，点燃了表情愁苦的人民的狂欢。

【李阿入镜】

皇帝驾崩的消息传到吴郡，那些赏金杀手知道金主已经死亡，便一哄而散，消失在逃难的人群之中。芦花坞恢复了旧时的宁静和封闭，仿佛什么都没有发生。但李阿没有感到丝毫快乐。

冬季来临了，预定的月亮没有升起，星辰黯淡失色，河水变得死寂，流水和虫鸣声不复出现，飞鸟的影子也消失了，那群白鹅不知去向，就连芦苇都开始大面积倒伏和枯死。他与世界之间出现了巨大的裂缝。

李阿对此岸已经无可留恋，决定放弃自己的信念、操守和职业，他动手做了一个小型陶窑，用柴火加热，然后把那些镜子尽悉扔进炉膛，只留下窦少卿留下的贴身"拳镜"。这是他唯一想保存的记忆。不知从什么时候起，小镜出现了几道很深的裂纹。但李阿还是坚持入镜。在融入镜面之前，他深情地看了一眼身后的世界，向它无言地告别，然后义无反顾地融入镜面，消失在巨大的光亮之中。

【苏娥留下了遗言】

苏娥在返回镜岛之前,找到一个彼岸的文人陆倕,给了他很大一笔酬金,要他记下她的故事,刊印成册。她知道,李阿不会读到这本手册,但她可以为一次即将发生的谋杀,做出必要的解释。

她原本是高贵的公主,在篡位皇帝刘策的威胁下,被迫偷取神镜逃亡,并雇佣李阿为护镜师,试图穿越神镜,去寻找自己那位不知姓名的生父。她辗转万里,终于发现了生父的踪迹———一个声名狼藉的县令。

为了报答恩情,她返回镜岛,跟护镜师李阿相好,成为他的情人,从那里获得灵魂的慰藉,然后重返彼岸,前往县衙,说出自己的身份。父女团聚之夜,生父以酒将她灌醉,然后施以强奸。从此她沦为生父的性奴,甚至为他生下一对双胞胎儿子。

苏娥多次出走,逃回镜屋,却始终不敢说出自己的悲惨际遇。她不愿看见李阿手刃生父的情景。但因无法割舍一双儿子,苏娥不得不再重返彼岸,返回生父身边。

数月之后,乘生父不备,苏娥偷走这双儿子,把他们带回此岸,托付给李阿。然后,她第三次入镜,手刃自己的生父,将其肢解成碎片,抛弃在山野之间。

她告诉文人说,她将第四次返回此岸,去结束两个孩子的性命,因为他们身上,流淌着恶魔的鲜血。

她要彻底消灭那个男人的孽种，以这种方式向万恶的父亲复仇……

苏娥在说完自己的故事之后，面带忧戚地离去。文士陆偅呆了半天，不敢相信自己的所见所闻。但他还是依照苏娥的嘱咐，记下她的故事，又加入其他各种异闻，写成一部叫作《南史别传》的野史，与《南史本传》一起刊印成册，在坊间流传了上百年，而后便逐渐湮灭于战火纷飞的岁月。

【镜鼠王收尸】

三个月后，一具尸体在长江泥岸上被人发现。那里距离镜岛，大约有三百里地，他的身体像纸一样折叠起来，已经高度腐烂，但脸庞清晰，上面带着跟神镜完全一样的裂纹，像被刀子仔细割过一样。镜鼠王就在现场，他认出了死者的身份，他就是大名鼎鼎的护镜师李阿。

镜鼠王有些伤感。他知道，大师们在纷纷离去，铜镜的黄金时代已经凋谢。他虽然得以苟活，却无法摆脱行尸走肉的命运。是的，在李阿死后，护镜师的行业开始衰败，被玷污的神镜沦为俗镜。它们的传奇，终究要化为尘封的历史。

镜鼠王出资掩埋了李阿的尸体，然后登船北渡，向正在爆发革命的北方进发。他想，镜子的幻象已经失效，而他要去改变的，是那热火朝天的现实。

附 录

铜镜记

关于北京故宫里藏有全世界最大珍宝的传说,一直在民间和宫廷里肆无忌惮地流传,甚至皇帝溥仪对此也深信不疑。1941年夏天,他密令一支特遣队从满洲国潜入故宫探宝,但一无所获。这件事惊动了日军驻北平的最高当局,据一份美军在东京获得的档案透露,当时日军组织了一个由考古学家细川一郎为首的秘密小组,携带精密的探测仪器,耗费了17个月的时间,对故宫的每一个角落和隙缝都做了搜查,在嫔妃的住所发现了几处女人私藏首饰的暗盒和一些珠宝，此外一无所获。1950年，国家为筹集资金去解决饥荒，派人对故宫做了长达三年的勘查，在勤政殿两侧的花园里，发现了被秘密掩埋的几十具尸骨，除此以外，没有更多的发现，但这些隐秘的失败，却使传说中的珍宝变得更加诡异和激动人心。

下面我要讲述的故事，是一个垂死的人告诉我的。在山东间县的一家乡村医院里，我曾经当过两年的中医师，为贫困的农民开一些廉价草药的医方。一个月黑风高的夜晚，我正在医院值班，几个乡民送来一个行将就木的老人。由于我的看顾，他在急诊室里多活了两个星期。在一个凄凉死寂的深夜，他请求我坐到他的身边，然后说出了以下惊世骇俗的经历。

"我是谁和叫什么，这已经无关紧要了。我要告诉你的是，我参加过1941年的伪满洲国特遣队，第二年我又被征调到日军小组，1950年，我成了故宫考察组的成员。我查阅了康熙以来清朝的全部宫廷档案，搜遍了故宫的每一寸土地。我成了故宫研究的权威。但是几十年来，我在珍宝方面没有任何进展。1968年冬天，为了防止故宫被红卫兵销毁，一支军队进驻了里面。作为故宫研究院的主要人员，我被幸运地保护起来，就像宫廷里的一座香炉，渐渐地长出一些铜锈。每天我都站在祈年殿前望着卫兵们操练，刺刀在阳光下发出灼目的光芒。到了夜里，除了猫头鹰嘲笑的声音，这里安静得像庞大的废墟。当我在御花园里穿行的时候，偶尔还可以听见一个女人的啜泣，据说是珍妃的鬼魂在自言自语。我住的那间小屋，是以前宫中杂役的卧室，阴暗、潮湿、霉气弥漫，像一座空空荡荡的坟墓。

"有一天来了个年轻的士兵，我已经记不清他的容貌了，他站在我的屋前，向我伸出手来，掌心里有一枚直径四寸的铜镜，说是西边院墙塌了，他在砖堆里捡到了这个，求我帮他看看。我告诉他这是普通的仿汉铜镜，宫女们平素用它来避邪驱鬼。他神色慌张地请求我买下它，因为需要钱接济乡下的老家。我拿出了仅有的58元钱，这使他喜出望外。事后，我把铜镜扔进抽屉，直到我被下放到这个乡村为止。整理行装的时候，我丢弃了许多用品，却把这枚满是尘垢的铜镜带着，思量它也许会给我一点小小的庇护。

"过了五年，由于在集子上遇到一个古董贩子，我又记起了这枚铜镜。我盘算着用它去换些钱来维持日常开销。我在屋子里翻找了很久，从一件破棉袄里把它抖了出来。它掉在地上的声音清脆得像一个乐音，这使我大吃一惊，猛然想到它可能是件宝贝。便捡起它来，仔细拭净了，放在阳光下端详，认出它背面的三个篆字是：'火齐镜'，左侧还有一行"古冶子制"的铭文。在那个瞬间，我感到周身的血液与空气都静止了，听见一个声音在心里高喊：'我得到它了！'我一辈子都为别人寻找它，可是它竟在我身边静静地躺了八年！"

垂死的人从床单下伸出枯槁如木的手，掌心里正托着他所说的那枚铜镜。这件世界上最大的宝贝，看起来普通得令人生疑，当我接过它时，它轻得像一片羽毛，那些篆字在古铜色的金属面上一闪，如同水流般泻开去，再仔细一看，它们依旧凝铸在黧黑的平面上，放射出无数细小的刺般的光辉，使我的眼睛感到疼痛。

"我要死了。我把它送给你，这样你就成了这个世界上最富有的人。但你永远不要把它的镜面翻过来，不要企图去照见镜子里的东西，否则你必将失掉它。"垂死的人痛苦地喘着气说。

"可是，我并没有看见它有什么与众不同。"我望着手里的铜镜，很疑惑地说道。"没有时间对你说太多。我只能告诉你，这是周穆王所用之物。穆王西征的时候，一个叫'渠'的国家献了这件奇宝，但不知是哪个年代所制。一部名叫《拾遗记》的文献记载了这件事情。另一部名叫《巨灵书》的文献则认为它就是国王用过的那只罗盘。年轻人，下面你要用心听着，我决不会再说第二遍，这枚铜镜是一件活物，尘土可以把它封存，而流水则使它复活。它的权力是无限的，因为它照亮了事物的过去和未来。"

他用一种近似怜悯和嘲笑的眼神看着我说："所以，现在你是世界上最富有的人了，可是你得十分小心。你只能拥有它，却不能支配和使用它，你至多是个富翁，而不是一个国王。如果你已经听清我所说的，你可以带着它走了。我已经累了，我需要独自待着。"他衰弱地闭上眼睛，不再理我。

我用手紧攥着那件轻得若有若无、仿佛空气一样的古物，轻轻走出了病房。在家里，我把它放进一个祖父用来收藏玉器的漆匣,然后把这个小匣放在枕头边上。那天夜里,我仿佛在梦中听见它浩若太空、经久不息的长吟。

第二天早晨,我得知垂死的人已经死去,或者说,他转而用另一种方式留在了宇宙的深处。有人在村后桃林边把他埋了。当纸钱被点燃起来的时候,我听见了他的笑声,并且看到花瓣上的露珠雨一样落在他的坟头。

我每天守着这个巨大的秘密,对四周的人缄口不言。每天晚上,当所有的村民都沉入梦乡时,我就打开漆匣,凝视着那个小巧的物体和镌铸在上面的铬文,隐约地感到它放射的威力。这威力来自于一种难以抵抗的诱惑。它在有力的沉默中向我呼喊,使我周身像被烧灼一样疼痛。经过六个不眠之夜后,我在第七个黑夜背叛了我的承诺。我屏住气息,从漆匣里拈起铜镜（它轻得近乎令人怜爱）,把它小心地翻转过来,像翻过一个沉重的命运,然后我看见自己站在光明而冰寒的火焰中,看见我的秘密的初吻,忧伤的童年和喜悦的诞生;看见我在未来的某个时刻里跟一个陌生的女人结婚、做爱、生儿育女和彼此仇恨;看见我形销骨立地站在雨中的麦地,蓑衣下的皮肤皱得像爷爷的布衫;我看见了那无可逃避的结局,看见我的葬礼和芳草萋萋的坟墓,洪水来的时候,它和村庄一起消失得无影无踪。我还走到了人类的尽头,看见世界的面容在这铜镜里微笑与破碎,看见那最终的烈火与灰烬。

我恐惧得浑身发抖,并且在恐惧中向屋外狂奔起来。我在芬芳的土地上飞奔,我在很深的秋天里飞奔,我在月光守望的河流旁飞奔,我在盲目而悲痛的黑夜里狂奔。我把铜镜扔进山的隙缝,使它回到了大地的深处。

第二天,当我从噩梦中醒来时,想起垂死的人那句诅咒:

"不要企图去照见镜子里的东西,否则你必将失掉它。"

1994 年 11 月写于悉尼